Luigi Pirandello

Pasqua di Gea

Texte et illustration de couverture : © domaine public
Edition : Culturea (Hérault, 34)
Contact : infos@culturea.fr
Retrouvez notre catalogue sur http://culturea.fr
Imprimé en Allemagne par Books on Demand
Design typographique : Derek Murphy
Layout : Reedsy (https://reedsy.com/)

Dépôt légal : janvier 2023

ISBN : 9791041845675

A
JENNY SCHULZ-LANDER

Meine liebe, süsse Freundin,
Bevor ich Rom verlassen habe, begrüsste ich noch in meinem letzen Gesange die Venus des Frühling's. Die schöne Göttin besuchte mich und brachte mir viele frische Rosen. Ich schlief und träumte vielleicht von Liebe; in neckiseher Art weckte mich die Göttin und lachte laut über das plumpe Erwachen eines Sterblichen. Als sie mich, nachdem ich viele schöne Wunder geseh'n verliess, wandte sie sich in der Ferne noch einmal nach mir um, und rief mir Zu: « Besinge mir das Erwachen der Erde! »
  ... Cantami la sacra
Pasqua di Gea.
Nun gut! in dieses wunderschöne Rheinland gekommen, füchte ich von neuen auf den durch die Liebkosungen der Aprillüfte vom winterlichen Schlafe erwachenden Flächen irrend, ein Ungestüm neuen Lebens vom Herzen zum Gehirn steigen und mich trunken machen. Und vom Herzen und vom Gehirn, wie die Blumen von der Erde, brachen Gefühle und Gedanken hervor, und in jedem Gefühle, jedem Gedanken ein Gedicht. Nicht anders, glaube ich, fühlten auch die seligen Poeten der Provence, die zuerst die tiefen nächtlichen Schatten des Mittelalter's abscüttelten und zur Liebe und Freude der Natur erwachten. Zur rechten Zeit dachte ich an den Befehl der Göttin, und der natürlichen Macht nachgebend, weshalb ja auch die Blumen duften und Vögel singen, begann ich dieses Gedicht des Frühling's.
Meine süsse Freundin, keinem Andern, wie Dir, könnte ich es widwen. Nimm es hin in Erinnerung dieser unvergesslichen Stunden, in Erinnerung eines italienischen Dichter's, der, wo er auch sein Mag, immer Heimweh füchlen wird nach diesem schönen Land. An Deinem Lobe nur wird er sich freuen können, und auch kein anderes suchen und wünschen.
  Bonn am Rhein, 1820.

Quan lo rius de la fontana
s'eclarzis, si cum far sol,
e par la nors aiglentina
el rossignoletz el ram
volf e refraing et aplana
son dous chantar et afina.
dreitz es qu'eu lo meu refraigna.
JAUFRE RUDEL.

Ferma su queste carte

perenne un raggio, o Sole;

a te rapito ha l'Arte,

la fiamma avvivatrice,

con cui compone e dice

l'eterne sue parole.

La Pasqua alma di Gea,

di Gea, unica Dea,

agli uomini risorta,

la Primavera io canto;

or che nei petti umani

la vana fede è morta

ne l'ideale estremo

poggiato su 'l dimani

del nostro dí supremo.

Sgorga di nuova foce

la voce armonïosa;

una lontana voce,

limpida luminosa

mi chiama e mi conduce.

Udite, o Belle, il canto

tessuto sotto il Sole,

onde le mie parole

son parole di luce.

II

Bella di freschi maj

sempre è la nostra via.

Ove tu posi il piè,

e sia pur brullo piano,

su cui sudore umano

giammai nulla potè;

scattano a due, a tre,

vivi fioretti gaj

né so come ciò sia.

Ma s'io mortal non fossi

intenderei perché

fioretti gialli e rossi

nascono del tuo piè.

III

A l'avvenir, che ratto,

sfrenando i chiusi eventi,

irrompe nel passato,

conscî del nostro fato,

porgiam la fronte lieta;

e tutte, d'ora in ora,

co 'l nitido bicchiere,

con occhi fisi e intenti,

salutïam le larve,

le splendide chimere,

le vaghe passeggiere,

che seco in lungo ei mena

e vaporoso nembo,

piene di fiori il grembo.

Son elleno che fanno

del tempo la catena,

e vanno e vanno e vanno!

A chi per sempre sparve

de l'andar suo la meta,

a chi piú non s'allieta

di quest'umano inganno,

e gli altri indarno ancora;

venga la morte, e sia

senza compianti tratto

fuor che la nostra via.

Quando una volta ha morso,

crudele dipsa ascosa,

il dubbio - e infuso il fiele;

fonte non v'è di grazia,

né dàn limpidi rivi

un salutare sorso,

chè bere alcun non sazia

la sete velenosa.

Di Bacco e di Cibele

a tutt'onore e gloria

novella dendroforia

facciam noi oggi, o vivi.

IV

Egli ha una scure in mano

il nume mio fatale:

fronda non mette via

la pianta di mia vita,

che tosto a lei non sia

recisa da codesto

crudel genio del male.

La mira il tronco mesto

cadere non lontano

su 'l vasto e lieto piano

de la gentil fiorita:

ei sol dolente e spoglio

la mira, e addura a forza

la sua cinerea scorza,

perché novel germoglio

non abbia sorte uguale.

Però non regna in vano

sopra la terra Aprile;

e a me noto e palese

è questo del bel mese

miracolo gentile:

ben che dal tronco sparte,

le frondi da per loro

mettono foglie e fiori,

molteplici, diversi,

nuovi spargenti odori;

né notte avvien che cada,

la quale in lor non versi

balsamica rugiada;

né passa un'ape d'oro,

che a sugger non s'arresti

dei calici il tesoro;

né sazia mai da questi

alcuna via si parte.

V

Lascia il rosario e il velo

e il libro de la prece;

Lascia suonar la mesta

campana de la chiesa.

Guarda: è sí puro il cielo,

sí bella la distesa

de l'erbe nove al piano,

del fresco e folto grano,

che maturando viene.

Ov'hai la rosea vesta,

quella che tanto bene

al corpo ti s'attaglia?

Via, prendi questa invece,

e il cappellin di paglia

ornato di vermene.

Chi ti vedrà passare

dirà: «Che bimba bella!

che bimba bella! pare

dei fiori la sorella...»

Lascia il rosario e il velo

e il libro de la prece.

Oggi l'altar vermiglio,

che ad esaltar la morte

sorge, e a cruciare i vivi,

vuota come la fede

che si professa in lei,

la fredda chiesa vede;

oggi piú smorta pare

codesta immiserita

turba di semidei,

cui fu virtù negare

quanto ha di ben la vita.

- Odi tu, gramo Figlio

d'un'opprimente Sorte,

per cui tutto è peccato;

Tu, martire legato

a la tua stessa croce,

sangue grondante a rivi;

odi la viva voce

de la risorta Terra

tutta di fior vestita,

la voce de l'amore,

la formidabil voce

de l'universa vita?

Preghi tu ancor, confitto

a quest'infausto segno,

che venga in terra il regno

di chi tu Padre chiami,

il regno de la morte?

E ben, se tu non l'ami

quest'alma terra in fiore,

e agogni di morire,

lasciami, o derelitto,

che da codesto legno

con pïetosa mano

io ti deponga ancora.

Oggi la primavera

sola trïonfa e impera,

e tutto splende e odora:

Via Tu, mesto profano!

Ove in piú copia il piano

d'ogni color produce

fiori gentili, dove

piú chiara e fresca luce

dai cieli azzurri piove,

e senza posa mai

vaghi augelletti a coro

cantan con ebbra possa

nei tepidi riposi

ai vespri a l'albe d'oro

la luminosa, ardente

gloria dei mesi gaj;

si scavi oggi una fossa,

che sempre agli a venire

occulta resti e al mondo:

Noi vi vogliam, pietosi,

codesto bello e biondo

figlio de l'Orïente

comporre e seppellire.

VI

Non oggi, va'! dimani,

diman ti giungerò,

Larva dei sogni miei,

lucifera fanciulla,

te che il mio tutto sei,

e pur, forse, sei nulla.

«Toglimi!» spesso dice

il labbro tuo, ridendo.

«io t'amo, e mi ti do.»

No, larva; se ti prendo,

non sarò piú felice:

crudele è nostra sorte,

ed io per prova il so.

Sconcian le nostre mani

ogni piú bella cosa...

Va' innanzi, e senza posa

io dietro a Te verrò.

In questa pena lunga

di giungerti è la vita;

sarà tosto finita,

come, o ben mio, t'avrò.

Tu, che sí bella sei,

Larva dei sogni miei,

tu sei, forse, la morte.

Va', dunque. Ove m'adduci

non mai saper vorrò.

Va' sempre. Ove tu vai

affascinato io vo.

E mai non ti raggiunga,

e non s'allenti mai

questo invisibil filo,

con che tu mi conduci.

Mi laceri e mi punga

pure ogni spina ascosa

tra i fior del nostro corso;

schermir non me ne posso:

assorto nel desío

di Te, fuggente sposa,

oggi l'acuto morso

non sento de le spine,

diman non vedrò il fosso,

a cui tu pur mi guidi,

tu, che sí dolce ridi,

Larva del pensier mio.

Ma in questo ignoto asilo,

dimmi, avrò pace alfine?

VII

O glorïosa pace

de la terra, nel sole;

pace di primavera,

sacro silenzio pieno

di palpitanti foglie,

tentato ad ora ad ora

da un trillo alto, vivace

d'augel che s'allontana;

non sei tu forse arcana

de la terra preghiera?

non son forse parole

gl'inesplicati odori

dei felici tuoi fiori?

Raggiante in bel sereno

il cielo ampio l'accoglie:

certo la terra adora;

sente la terra amore;

il palpito immortale

io sento del suo cuore.

Oh madre antica, è vero:

anima è tutto! e certo

crudel sei tu, se neghi

agli assetati preghi

de l'uomo il gran segreto,

onde oggi tutto è lieto.

Voi lo sapete, o fiori,

che puri e timorosi

rompete dal suo seno.

Oh a chi, religïosi,

vostr'anime leggiadre

ora esalate? O Madre,

Madre, chi mai tu adori?

VIII

Ancor per anni molti

mia giovinezza forte,

Terra, saluterà

tua verde giovinezza,

che ogni anno viene e va.

Ma non mi sieno tolti

da l'arida vecchiezza

gl'inganni ed i capelli:

benigna amica, morte

abbia di me pietà.

Chi muor con gli anni belli

non ha crudele sorte.

Pur, quante volte Aprile,

trïonfator gentile,

con un fiorito stelo

le brume sgombrerà,

e ovunque, in terra, in cielo,

nel vecchio cuore umano

la sua ridente gloria

d'amore pianterà;

vorrei tornasse seco

dolce ne la memoria

degli a venire un'eco

del mio canto lontano.

Pensar non so ch'ei muto

per sempre un dí sarà,

che forse andrà perduto

nel corso de l'età:

se al pian tornano i fiori,

perché nei nuovi cuori

anch'ei non tornerà?

IX

Ed abbi tu nel canto

eterna primavera,

o de la Melb austera

valle selvaggia! In mezzo

al solitario orrore

de l'alto bosco ombroso,

quante a cercar, lontano

da la città, diletto

vennero innanzi sera

coppie d'amanti? al rezzo

molle, misterïoso,

vinte dal mutuo amore,

quante al sovrano incanto

cessero ed a l'arcano

legamento del loco?

Lo dice il ruscel roco;

ma il suo linguaggio è strano:

serbar ama il segreto.

A quanti dopo il fallo

parve voce severa,

o Melb ascosa, il lieto

tuo murmure tra l'erbe?

Ebbe la donna certo

una strana paura

di questa in torno austera,

attonita natura;

guardò certo smarrita

queste querce superbe,

e sentí in lei mancare

l'amor primo a la vita.

Oh come freddo allora

le parve e d'amor vuoto

de l'uom l'ultimo bacio,

che non vuol far pensare!

Ci duol del tuo tardare,

suprema ora di gioja;

ma bene è che si muoja

quando tu giungi al fine:

colta la fresca rosa,

non restan che le spine;

e sempre son gli sdegni

seguaci ai godimenti.

Qui molti d'amor segni

e nomi incisi e date

antiche e cuor da frecce

passati e ammonimenti

serbano le cortecce

degli alberi silenti.

O tu, che sui prim'anni

del secolo incidevi,

Else, il tuo nome a canto

a un altro nome - or dove,

dove sei tu? Le nevi

del desolato inverno

piovvero su 'l tuo crine

certo; forse in eterno posi

a quest'ora. Io nuove

vorrei di te. Ti posa

l'amico a fianco? sposa

gli fosti in vita? Parmi

di veder qui, tra queste

piante, aggirarsi meste

ombre di donne; e ognuna

cerca furtiva e in pianto

ogni svolta ogni canto

del labirinto verde;

ma l'amico non trova,

anzi se stessa perde...

Chi sa, forse qualcuna,

Else, di queste, nuova

di te potrebbe darmi.

Ma forse, come il roco

ruscel, linguaggio strano

parlano a orecchio umano

quest'ombre abandonate.

Oh via! l'amato loco,

la selva degli amori,

o meste ombre, lasciate!

E tu, tra i nuovi fiori,

tra l'erbe non mai gialle,

canta la tua discesa

perenne al piano, o ascosa,

placida Melb, o lieta

anima de la valle,

imagine segreta

del tempo, che non posa.

La vita ha i suoi dolori,

ma nel tempo è l'oblio.

Nutrir lungo desio,

mortali, non conviene;

corta è la vita, e solo,

sol per un fil si tiene.

X

La vecchierella bianca,

raccolta su 'l murello

de la rural dimora,

non sazia già, ma stanca

di vivere cosí,

pur oggi del novello

sole di maggio è lieta:

guarda, ed ai tanti fiori,

onde il gran piano odora,

ai teneri uccelletti,

che dagli alberi intorno

e dai vicini tetti

le fanno un bel cantare,

movendo la canuta,

tremula testa pare

che dica ognor di sí:

- Ricordi, di', ricordi

de le tue primavere

i bei, lontani dí? –

E la vecchietta: - sí!

- Ricordi quelle sere

d'aprile, e i dolci accordi

al lume de la luna,

i balli e il primo amore?

Fu allora, che nel cuore

dapprima ti fiorí. –

E la vecchietta: - sí!

- E l'altre, l'altre sere

passate, lieta e sola,

presso la prima cuna,

che la nonna imbastì!-

E la vecchietta: - sí!

- Ricordi il lieto giorno,

in cui la tua figliuola,

bella come una rosa,

venuta grande e sposa,

il genero rapí?-

E la vecchietta: - sí! –

- Ricordi i tanti morti,

che in vano or cerchi attorno,

il vecchio tuo, le care

amiche dei begli anni?

Oh come sola or sei,

e quanti mai sconforti,

e quanti ti dà affanni

questo tardo campare!

Ma presto morir dèi:

vuoi tu morir co'l dí? –

E la vecchietta: - sí!

XI

Quanti qui in basso siamo,

corriamo tuttavia

a irreparabil morte!

cosí vuol nostra sorte,

forza è, che cosí sia;

e noi cantiam, ridiamo:

lunga non è la via.

E al sol sempre, a la luna

mostriam giocondo il viso;

cosí co 'l gioco e il riso

vinciam nostra fortuna.

Oggi la via ci schiude,

celate a ben le spine

con molti fior, Natura:

chi si vorrà dar cura

de le fosse vicine?

Sol lieto è chi s'illude,

e non discorre il fine.

Rotto da piogge e vento

l'inverno pigro e lento

sempre per tempo viene,

ed ogni fronda spoglia:

quanti piú fior ci avviene

dunque di côr si coglia,

correndo il bel sentiero.

Come un armento in fuga

c'incalza il Tempo e punge.

A lui, tiranno austero,

ogni secolo aggiunge

su 'l fronte aspro una ruga;

ma a noi ben maggior danno

apporta ogni nuov'anno!

A dio, belle contrade

del sole! un'altra volta

tornar non puossi a voi:

chi visto v'ha - vi vide,

né vi vedrem piú noi.

A canto al vecchio stanco,

il bimbo corre franco;

quegli trascina il piede,

questi sgambetta e ride;

l'uno a guardar si volta

la via di già percorsa,

ma innanzi a sé non vede

di vaghi fior coperta

la fredda fossa, e cade;

l'altro la salta presto

e segue la sua corsa.

Oh a dire, è pazza cosa,

umana sorte, questo

correre nostro a certa

insidia, e senza posa!

XII

Che fai? Che pensi? Ha bene

la squilla de la chiesa

contato dodici ore.

Qual mai delira impresa

te, vecchio egro e cadente,

su queste carte gialle,

curve l'ossute spalle,

rannuvolato il ciglio,

vigile ancor ritiene?

Che mai tanto ti tarda

stanotte di scoprire?

L'arcano de la vita?

Bravo! quand'è finita

per te, presso a morire.

Sú via, sú via! ma guarda,

la tua lucerna muore

su 'l teschio riflettendo,

che le sta freddo a fianco,

l'ultimo suo barlume...

Ahimè, né maggior lume

al tuo cervello stanco

dal vecchio libro viene!

Dottor, codeste dotte

pagine meditate,

forse è miglior consiglio

darle a le fiamme, e andare

a letto, a riposare.

So bene, che ogni notte

voi, vecchio paziente,

al fin le rigettate

con le tremanti mani.

So ben, che vi levate

sempre da lor gemendo

questa parola: «Niente!»

Ma perché mai, Dottore,

riprenderle, il dimani?

Perché voler sapere

ciò che non volle il fato

pei sensi nostri fare,

quando è poi tanto bello,

Dottore, tutto quello

che pure ad essi è dato

di còrre e migliorare,

comprendere e godere?

Ahimè, magro conforto, questo,

per voi, Dottore!

Per voi, che tutto assorto

a studiar la vita,

tra tante carte avete

di vivere oblïato!

Giuro, che non vi siete,

Dottor, neppure accorto

com'ella v'è fuggita...

La bestia è cosi fatta,

Dottor! checché si faccia,

la fugge tuttavia.

Certo è una bestia matta,

anzi di fino dolo:

viene, e non si sa d'onde,

passa qua giú di volo,

scappa, e non lascia traccia.

Cosa è del tutto vana

darle però la caccia:

la maledetta tana

ov'ella ci s'asconde,

noi non saprem giammai

dove diavol sia!

Or dunque, che piú stai?

vecchio, a dormir! La scienza,

la lunga esperïenza,

non ti potran servire

per quel che indarno agogni

di penetrar: Dormire,

Dottore, e buoni sogni!

XIII

Se non si rinnovella

l'età, come la terra,

pur tra la bella festa

dei fiori, a primavera,

di nuove voglie in petto

il cuor ci si ridesta,

e scoppia da le vene

de l'anima l'ebbrezza.

Cinta di fior la testa,

tra una gioconda schiera

di giovini e dicace,

su un somarello viene

la tremula Vecchiezza.

«Piglia d'ogni or fugace

quanto piú sai diletto!»

a questo e a quello dice

ridendo in mezzo ai fiori

che a dosso ognun le getta,

e il somarello affretta

confuso tra i clamori.

Prima che il tempo volga,

o giovini, si colga

il fior, che vivo odora.

Prima che muta e spoglia

a dormir sonni tristi

la terra si ritorni,

e il nostro capo incalvi;

tessiamoci ghirlanda

ai vivi fior commisti.

Chi può, sua nave salvi,

mentre dei belli giorni

spira propizia l'ôra,

e prona a nostra voglia

l'onda si mostra e blanda.

XIV

Attoniti, dai nidi

nuovi sui vecchi tetti

guardano gli augelletti,

mettendo acuti gridi,

cadere l'invocata

pioggia di mezzo aprile.

Tu dietro la vetrata

de la finestra bassa

come lor guardi e ridi.

È nuvola che passa,

giovinetta gentile:

la rosa imbalconata

metterà foglie nuove.

Su la tua bocca io tanti

baci vorrei contare,

o giovinetta, quanti

in questo punto sono

che dicon: "Guarda, piove!"

Sorpresa curiosa,

e curiosa voglia!

io prego che tu voglia

lasciarmela passare...

Via, te la prendi a male?

Io chieggoti perdono:

ma un bacio è dolce cosa,

un bacio non fa male.

XV

A la finestra bassa

la giovinetta viene:

il fidanzato passa...

«Buona sera, mio bene!»

La vecchia serva siede

giú de la scala al piede,

e il giovin si trattiene

a guardare la sposa;

ma non sa dirle cosa.

Con sorridente ciera

la vecchia a lui ripete:

«V'ha detto buona sera...»

e quindi aggiunge piano:

«Oh, come grullo siete,

sú lesto, deponete

un bacio in quella mano!

Non c'è malizia alcuna...

io - sto a guardar la luna».

XVI

Sei tu, sei tu, ti sento,

son tuo, trïonfa, Amore!

Schiavi del tuo talento

togli or la mente e il cuore.

Dolce e crudele gioco

per prova ti conosco,

e piú non ti pavento:

So quanto tempo dura

tua pazza signoria,

e chi te eterno giura

offende la natura.

Mescola miele e tosco,

liquido e sottil foco

armi la rea mistura;

poi dammi tutto a bere

in fin ch'ebbro ne sia:

per me vorrò vedere

il fondo del bicchiere.

Dicanmi pur le Belle

crudele villania,

perché sí schietto sono,

perché mentir non vo':

io amo ed io perdono,

io rido perché so.

De la mia stessa doglia

rido, e d'ogni altro amante:

oh in ver, par che si voglia

con dei sospir le stelle

spegnere tutte quante!

Non io, non io son fatto,

mie Belle, a sí e no;

l'amore è cosi fatto,

Amor, che è nato matto.

XVII

Sciò, via costà! sciò, via,

gallina faraona!

il tempo non perdona,

s'invecchia tuttavia,

e quando vespro suona,

la croce, e cosi sia!

Sciò, via costà! sciò, via.

Son belli i fiori freschi,

che aprile reca a noi,

ma il danno è che son freschi...

mi spiego? freschi!... e voi...

Se crescon leggiadria

a femmina leggiadra,

che il capo se n'adorni,

non posson far che torni

l'età de la nipote

ad una vecchia zia.

Sciò, via costà! sciò, via.

La sorte nostra è ladra

di curiosa fatta:

Ella vi lascia intatta

la bella e ricca dote

e gli ori ed i giojelli,

e sol vi toglie via

il roseo de le gote

e il biondo dei capelli.

In vano di cinabro

v'incendiate il labro,

in vano v'imbiaccate

le rughe desolate –

Madonna, ei pare! ei pare!

andatevi a lavare...

Il tempo non perdona,

e quando vespro suona,

la croce - e cosí sia.

Sciò, via costà! sciò, via.

E chieggovi perdono

se parlo come un matto,

ch'abbia ragione, in fondo;

colpa è del sol, non mia,

ebbro di vita io sono,

Madonna, e piú non so,

quello che tutti sanno,

quello che tutti fanno,

quello ch'io stesso fo,

o, per dir meglio, ho fatto

perché lo vuole il mondo

- io non so piú mentire!

Vogliate compatire.

XVIII

E con due sacca piene

di frutta e di civaje

il vostro servo viene,

Dolcezza, a farvi omaggio.

Pien di mosche culaje,

il somarello a maggio

vorrebbe anch'esso amare:

lungo tutto il vïaggio

m'ha fatto un gran ragliare.

Io so che avete, o Bella,

ne la stalluccia bassa

un'asinella grassa

e che molto l'amate,

perché posata e buona.

Or sú, mio bene, date

a me vostra persona,

e la vostra asinella

a la mia bestia date.

Co 'l tempo, se vi pare,

e gli lasciate fare,

faranno gli asinini

cosí, vispi e piccini.

L'ultima mia canzone

ha cento cuori rotto,

cento si son di botto

ragazze costumate

del vostro innamorate.

La frusta tua non schiocchi,

la mamma m'ha avvisato,

lungo le strade, dove,

passando, l'hai cantato;

io ti vedo spacciato,

le innamorate nuove

ti mangeran con gli occhi.

Mamma, mammuccia buona,

santo è il vostro consiglio,

ma a dir che vostro figlio

da un pezzo l'è spacciato!

Mamma, s'è innamorato

d'una ragazza onesta,

ma che gli fa la testa

girar, massaja poi...

massaja accorta... - e questa,

Dolcezza, siete voi!

XIX

Perché la vecchia madre

piange in lasciar la figlia

sola co 'l nuovo sposo?

Non jeri ella contenta

del giovin si dicea,

e pur staman ridea

a tutti, affaccendata

a preparar la festa?

Ridea stamane, e intanto,

vedeste? or se n'è andata

quasi per forza, e in pianto.

Entro del cuor sgomenta,

la nuova sposa resta,

né sa levar la testa

dal seno palpitante:

segue ella ne la notte

le voci alte, interrotte

de l'accolta festante,

che ognor piú s'allontana...

Ella ama, e pure teme,

non sa perché, lo sposo...

Oh come sola, insieme

a un uomo anch' ei dubbioso,

dinanzi l'avvenire!

Oh s'ei sapesse dire

una parola vana

per romper quel gravoso

silenzio e quella pena!

La chiamasse per nome!

Oh Dio, buon Dio! ma come

passerà mai la notte!

Gli occhi lucenti in viso

osa or levargli a pena,

d'ansia e d'amor vermiglia:

egli la guarda fìso,

co 'l guardo anzi la bee,

e quel che far si dee

con gli occhi si consiglia.

Ma già l'amore a un riso

mutuo la loro bocca

schiude, e l'ardor trabocca:

d'un tratto, ei tra le braccia

la stringe forte, e chiama

per nome, e quanto l'ama

in quel nome le dice.

E sugli occhi la bacia,

nei capelli la bacia,

le bacia ne le mani...

Ella, tutta felice,

gli porge ora la faccia:

e la bocca ei le bacia...

Sposi, sposi, a dimani!

XX

Tu morta, e luce ha il sole

ancor per noi, sorrisi

ancora l'avvenire,

profumi e fior la terra...

Qui, tra le verdi ajuole,

è la tua fossa: scendi!

Molti fioretti gaj

furon ieri recisi

per darti posto, intendi?

per dar posto a una morta;

e la lor vita è corta

d'un solo e breve giorno!

In grembo a la gran madre

ora tu puoi dormire,

né piú ti desterai.

Le tue membra leggiadre

come tesor novello

ella serba e rinserra.

Non sorga alcun avello

a rammentarti ai vivi;

spontanei de le liete

tue venti primavere

i fiori nasceranno,

e saran sempre vivi.

Su te, morta, e tra loro,

gli augelletti canori

s'accoglieran le sere

a riposar le penne,

e del lor mesto coro

empiran la quïete;

e di te canteranno

a le vigili stelle,

a le piante sorelle,

cui fosti sempre cara.

E tu gli augelli i fiori

cosí, penso, sarete

in una a noi non chiara

comunïon perenne.

Non gemiti, non pianti:

bella è cosí la morte.

Chi va piú a lungo avanti

esposto è sempre ai danni

d'una maligna sorte.

O tu, morta a vent'anni,

morta di primavera,

odi tu i dolci canti

degli augelli, ogni sera?

XXI

O notte, o sacra notte,

un ignorato mondo

sei tu per noi mortali,

che, tristi, nel profondo

grembo dei sonni, oblio

breve cerchiamo ai mali

e requie a nostre lotte.

Religïoso or io

son fatto, e uno sgomento

strano da Te mi viene,

da la tua pace immensa,

dal tuo silenzio enorme,

pien di tremanti stelle.

Piú nulla in cuor mi sento,

nulla la mente pensa,

e nella meraviglia

di quest'insolit'ora,

l'alma, che pur non crede

a nume alcuno - cede

al tuo potere, e adora.

Dunque son fatte a bene

quante son cose belle?

Folle non è desio

degli uomini la pace?

Oh come tutto tace,

e in Te fiducïosa,

in Te sicura dorme

la Terra nostra. Come

una fiorente figlia

di sotto l'amorosa

custodia de la madre,

che l'adorate chiome,

le sembianze leggiadre

con l'alito le sfiora;

ella in te, Notte, dorme.

Sognano al dolce lume

degli astri i mille fiori?

Se sognano, un bel sogno

dee certo esser il loro.

Mandan sí freschi odori...

Felici i fiori! - Un nume

che venga a vigilare,

la bianca Luna or pare,

tarda dei colli fuori

sorgente. Oh come il raggio

suo mite, nel baciare

le palpitanti foglie,

in onda di rugiada

purissima si scioglie!

Destasi la cicada

a glorïar co 'l canto

de la Diva il passaggio;

e i fiori a farle omaggio

anch'essi, dormigliosi,

sorgono in loro stelo.

Or tutto, terra e cielo,

ravvivasi, in un solo

palpito immenso: freme

l'aura argentina, il suolo

par che respiri, e insieme

tutte le foglie un coro

bisbiglian senza posa,

dicendosi qualcosa

non chiara a noi, ma a loro

intelligibil solo.

Tra lor mi sdrajo, e i fiori

piegansi curïosi

intorno, a rimirarmi.

E di vedere or parmi,

guardando gli astri d'oro,

via pei silenzïosi

spazi fuggir gioconda

la Terra, e ai cieli un'onda

sparger di fiori e cori

festevoli - mi pare

d'udir di Lei sonori

i cieli ampi echeggiare.

XXII

A l'aura del tramonto

incendiata e chiusa,

con vol leggiero e pronto

la lodola, com'usa,

trillando a piena gola,

si leva in alto, e chiama

per la campagna sola

le socie, a mutar loco.

Sotto il languente foco

del ciel si stende il piano

silenzïoso e verde;

una lucente lama

d'acqua lo fende, ed ogni

sua lieve orma gemendo,

or qua or là volgendo

tra l'erbe in fior si perde.

Trema ne l'aria un lieve

canto lontano, e arcana

spande mestizia intorno:

placido muore il giorno,

e il canto pio riceve,

che ognor piú s'allontana.

C'è in lui, pare, una pena

troppo grave a soffrire;

ma insieme una serena

sommessïone al fato

composta da la fede:

la calma che si vede

in un corpo malato

quando sta per morire.

Seguiam la passeggiera

voce che chiama. I fiori

qui muojon tutti or mai;

son morti i mesi gaj,

scende fredda la sera,

ed anche tu mi muori,

estro di primavera.

Bonn am Rhein, nella primavera del 1890

APPENDICE A "PASQUA DI GEA"

Da Psiche, «Rivista quindicinale illustrata d'arte e letteratura», anno VI, n. 17, Palermo, 30 giugno 1890 sotto il titolo Pasqua di Gea I. Il motivo di questa lirica richiama quello già svolto, in chiave diversa, in *Mal giocondo*, Momentanee VIII.

«Eterno eterno eterno!»

susurran l'aure in torno,

quasi oppressanti. «Eterno!»

ripete il vasto Reno

fluendo senza posa.

«Eterno eterno eterno!»

chiede ogni viva cosa.

Io vo, sconvolto il seno

da un rompere improvviso

d'affetti novi, pieno

d'accese idee la mente;

non lieto, e pur ridente

di strani sogni il viso.

Dove? io non so, ma avanti -

verso la morte, forse;

forse in braccio a l'amore;

saprò forse tra poco

il gran Segreto. Avanti!

Non mai sí ratto corse

su noi lo stuol de l'ore;

non mai sí viva apparve

ad occhio uman la terra;

né mai con tanto foco

vegliaronla le stelle.

Questa è magica sera;

questo, novel ritorno

di gaja primavera

sarà per me fatale.

In van le antiche larve

di nostra poesia,

e de le forme belle

l'armonïosa vita

chiama a compor la guerra

dei paventosi affetti

la vaga fantasia.

Qui è 'l coro trïonfale,

il formidabil coro

de le reali forme,

possenti ne la loro

integrità vitale.

Qui l'anima è rapita

dal grande multiforme

trionfo degli aspetti;

e preso a forza io sono

e a tutto m'abbandono,

e del tutto divento:

Mortal cosa non scrivo,

che l'infinito io sento,

sento l'eterno - e vivo.